cole Centrale des Arts & Manufactures 1899

Ça va épater Rosalie !...

Revue en trois actes

Représentée au Théâtre des Folies-Marigny
les 23 et 25 mars 1899.

* * *

MDCCCXCIX

À ma très-gracieuse interprète
Margot Lavigne ;
À l'inimitable Rosalie !

Hommage de l'auteur

André Baudet

ÇA VA ÉPATER ROSALIE

Écolę Cęntralę des Ǎrts et Maŋǔfacturęs
✳ ✳ ✳ ✳ ✳ ✳ ✳ ✳ ✳ ✳ ✳ ✳ ✳ 1899 ✳ ✳

ÇA VA ÉPATER
ROSALIE !...

Reǫuę en troiş actęs

PARIS

IMPRIMERIE CHARLES SCHLAEBER

257, rue Saint-Honoré, 257

—

MDCCCXCIX

PERSONNAGES:

L'École Centrale.
La Minéralogie.
La Chimie.
Rosalie.
Poirot.
Bidochon.
Belmas.
Guernesay.
Cyrano.
Molnier.
Le Larbin Vert.
Gamma.
Lambda.
Premier Écuyer.
Le Clown William.
Un Bizuth.
Un Employé.
Le Bonhomme d'Ampère.

Cinq Bateaux, Voyageurs, Élèves, Écuyers.

Ça va épater Rosalie!...

❀ ❀ ❀ ❀ ❀

ACTE PREMIER

— PROLOGUE —

Une salle d'attente à la gare de « Fouilly-les-Oies ». A droite, premier
plan, un banc ; second plan, entrée de la gare. Au fond un guichet
pour les billets. A gauche, entrée des quais.
Au lever du rideau grande animation parmi les paysans.

SCÈNE I

UN EMPLOYÉ, 1er VOYAGEUR, 2e VOYAGEUR, 3e VOYAGEUR
PAYSANS, ETC.

PREMIER VOYAGEUR

Monsieur l'employé ! ne suis-je point trop en retard ?

L'EMPLOYÉ

Cela dépend. Quel train prenez-vous ?

PREMIER VOYAGEUR

Cette question ! Celui qui est dans la gare, pardi !

L'EMPLOYÉ

Crétin ! Est-ce à Pékin que vous allez ?

PREMIER VOYAGEUR

Ah ! mais ! pas de gros mots, hein ? ou sans cela...

DEUXIÈME VOYAGEUR

Allons ! Nicolas ! ne te fâche point...

PREMIER VOYAGEUR

As-tu vu celui-là qui me traite de pékin ?...

DEUXIÈME VOYAGEUR

Mais non, Nicolas, il t'a appelé crétin... et puis voilà tout.

PREMIER VOYAGEUR

Tu es bien sûr ? Alors je vais prendre les billets.

TROISIÈME VOYAGEUR

Monsieur l'employé ! A quelle heure est-ce qu'il dévisse le train de Paris ?

L'EMPLOYÉ

Trois heures cinquante-cinq !

TROISIÈME VOYAGEUR

Bon sang ! de bon sang ! et il est trois heures ! il n'y a plus que cinquante-cinq minutes ! Tu vois bien Bitouillon, toi qui disais qu'on avait encore une demi-heure. Ben mon vieux ! n'y a plus que cinquante-cinq minutes !

PREMIER VOYAGEUR

Monsieur l'employé !

L'EMPLOYÉ (impatienté).

Quoi encore !

PREMIER VOYAGEUR

J'ai un chien. Est-ce qu'il faut prendre un billet pour une bête ?

L'EMPLOYÉ

Oui ! puisque vous en prenez un pour vous.

PREMIER VOYAGEUR

Je ne comprends point.

L'EMPLOYÉ

Chimiste !   (Entrée de Poirot et Bidochon.)

SCÈNE II

LES MÊMES, POIROT, BIDOCHON

BIDOCHON (trébuchant dans ses paquets)

Bon sang ! de bon sang ! de bon sang !

POIROT (se tordant)

Tiens ! Bidochon qui commence par prendre un billet de par terre ! Ne te trompe point, Bidochon, c'est pour Paris !

BIDOCHON (furieux)

Toujours, alors ? toujours le même ? toujours spiritueux ! T'as pas fini de faire l'intellectuel ?

(Il se relève.)

POIROT (sentencieusement)

Il nous reste chronométriquement cinquante minutes. Nous ne sommes point trop en retard !

BIDOCHON

Tant mieux ! il n'y a rien d'embêtant comme d'être en retard ! Moi, j'ai horreur de ça !

POIROT

On va se ballader pour zyeuter tout ce qu'il y a dans la gare ! Ça fera passer le temps !

BIDOCHON

Dis donc, Poirot, toi qui es scientifique, explique-moi un peu le fonctionnement qui fait fonctionner les chemins de fer.

POIROT (montrant par la porte)

C'est pas malin. Tu vois ce machin-là ! ce gros machin là, quoi !... c'est la locomotive !

BIDOCHON

Je sais bien que c'est la locomotive. Il n'y a pas besoin d'être scientifique pour cela, à c'te heure !

POIROT

Je commence par le commencement ! suis-moi bien : d'abord sais-tu ce qu'il y a de plus important dans la locomotive ?

BIDOCHON

Non !

POIROT

Eh ! bien ! c'est le chauffeur ! !

BIDOCHON

Le chauffeur ?... celui qui chauffe ?

POIROT

Apparemment.

BIDOCHON

Ah ! ce qu'il est mal fichu, ce client-là ! Il n'est point propre pour un monsieur qui vient de Paris ! Est-ce qu'ils sont tous fichus comme cela, les Parisiens ?

POIROT

Oh ! pas tous !

BIDOCHON

Et ce fourbi-là, qu'est devant lui comme une batterie de cuisine ?

POIROT

Oh ! ça, c'est rien ! c'est quasiment rien ! Ça ne sert pas ! c'est pour orner : c'est un ornement, quoi ! tu comprends ?

BIDOCHON

Oui ! oui ! je comprends !

POIROT

C'est des gens riches qui ont fait cela ! ils ne regardent pas à la dépense !... C'est des Parisiens !

BIDOCHON

Ben ! alors... quoi qu'il y a de plus important après le chauffeur ?

POIROT

C'est ce grand machin-là qui s'en va en l'air !

BIDOCHON

Le tuyau de poêle, là ?

POIROT

Oui.

BIDOCHON

Pourquoi que c'est le plus important ?

POIROT

Parce que c'est par là que sort la fumée et que c'est la fumée qui est tout là-dedans, tu comprends ?

BIDOCHON

Oui ! je comprends ! je ne suis point bête, va !... Dis donc voir ce que c'est que ces fils de fer accrochés après ces pieux-là ?

POIROT

C'est le télégraphe !

BIDOCHON

Ah ! c'est ce machin-là, le télégraphe ?

POIROT

Mais oui ! c'est après ces fils de fer qu'on accroche les dépêches ?

BIDOCHON

Ah ! ben ! là ! vrai ! je croyais que c'était plus bate que çà, le télégraphe ! Il ne faut pas être bien malin pour avoir inventé çà, pas vrai ?

POIROT

Bien sûr ! j'en aurais fait autant, moi !

BIDOCHON

Pourquoi qu'ils mettent leur télégraphe sur le chemin de fer ? Ça devrait être défendu, cela !

POIROT

Gros malin ! C'est pour que cela aille plus vite ! !

BIDOCHON (illuminé)

Tiens ! ça ! Je ne l'aurais pas trouvé !... Dis moi voir encore une petite chose ! Qu'est-ce qui fait marcher la locomotive ?

POIROT

Çà, c'est très difficile ! Tu ne comprendrais point.

BIDOCHON

Tu ne sais point ?

POIROT (vivement)

Mais si ! mais si ! je sais !... mais c'est trop fort pour toi.

BIDOCHON

Explique voir toujours !

POIROT

Eh bien !.., c'est très simple ! (avec beaucoup de gestes). C'est tout à fait simple ! suis-moi bien ! C'est les wagons qui sont derrière qui la poussent ! Tu comprends ? Comprends-tu, au moins ?

BIDOCHON

Bien sûr ! que je comprends ! Je ne suis pas si bête que tout le monde me le dit ! tu vois bien ! Mais, dis voir un peu, alors !... qu'est-ce qui fait marcher les wagons !

POIROT

Çà crève les yeux ! bon sang ! tout le monde sait cela ! c'est la locomotive qui les tire ! ! Comprends-tu ?

BIDOCHON

Ah ! oui ! oui ! je comprends ! C'est tout de même beau, d'être scientifique ! qu'est-ce qu'il faut faire pour cela ?

POIROT

Il faut étudier dans une grande boutique qui est à Paris, que nous demanderons à un sergot de nous faire voir.

BIDOCHON

C'est-il que nous serons tous les deux scientifiques en revenant de Paris ? (se tordant). Mince. alors! C'est Rosalie qui va être épatée! Dis-moi,

Poirot ! qui est-ce qui t'a parlé de cette boutique que tu me causes ?

POIROT

C'est un monsieur ! et tu sais, un monsieur chic !

BIDOCHON

Comment s'appelle-t-il ?

POIROT (cherchant)

Quelque chose de rond .. Bourgeron... je crois !

BIDOCHON

Quoi qu'il venait faire à Fouilly-les-Oies ?

POIROT

Il ramassait des pierres sur une route, et puis il les cassait !

BIDOCHON

Ah ! bon ! c'était comme qui dirait un cantonnier, quoi !

POIROT

Oh ! encore mieux que cela ! Je te dis : un monsieur très chouette ! un gentleman qui avait été élevé dans ce grand pensionnat...

BIDOCHON

Un pensionnat de jeunes filles !

POIROT

Je ne crois point ! puisque ce monsieur y a été... et tu sais ! là-bas, on ne mêle pas les deux sexes !

BIDOCHON

Comment que çà s'appelle, ce casernement ?

POIROT

L'Ecole Centrale... et quelque chose après qui finit comme des confitures !...

BIDOCHON

Ce n'est pas très précis comme renseignements... Nous ne trouverons point !

POIROT

D'autant plus qu'on dit que Paris est si grand !... si grand !

BIDOCHON

C'est dégoûtant ! là, vrai ! c'est dégoûtant ! Dis, Poirot, comment ferait-on pour voir l'Ecole Centrale... des confitures !

POIROT

Ah! si qu'on serait dans un conte de fée et puis qu'on aurait un talisman... et puis qu'il y aurait des enchantements possibles... et puis tout le tremblement!

BIDOCHON (avec admiration)

Tu es poète, Poirot!

POIROT

A mes heures, Bidochon!

BIDOCHON

Eh bien! qu'est-ce qu'on ferait, s'il y avait tout ce que tu dis?

POIROT

On appellerait l'Ecole Centrale! elle viendrait toute seule, et nous n'aurions qu'à entrer dedans!...

BIDOCHON

Eh bien! appelle-la voir, qu'elle vienne!

POIROT

Que tu es bête! Elle ne se dérangera pas pour nous.

BIDOCHON

Cela ne fait rien! il faut l'appeler tout de même! Je vais l'appeler!

POIROT

Ne fais pas ça! On va croire que tu es fou et on nous fera enfermer!

BIDOCHON

Je m'en fiche! Je veux l'appeler, moi! Je l'appellerai! (Il crie à tue-tête) Ecole Centrale! Ecole Centrale!!!

(L'Ecole Centrale apparaît. A sa vue Poirot et Bidochon tombent sur un banc qui se renverse et restent les jambes en l'air. Trémolo à l'orchestre.)

SCÈNE III

LES MÊMES, L'ÉCOLE CENTRALE

ECOLE CENTRALE

Que me voulez-vous?

POIROT (immobile à terre)

Est-ce que ma tête est bien à sa place?

BIDOCHON (de même)

N'ai-je point la berlue !

POIROT (de même)

Bidochon !... j'ai la trouille.

BIDOCHON

Bon sang ! la chic femme !

ECOLE CENTRALE (souriant)

Est-ce que je vous fais peur ?

BIDOCHON

Mais non ! mais non !... bon sang de bon sang !
Poirot ! ne me quitte pas ou je meurs !

POIROT

Non ! je ne rêve point ! C'est bien l'Ecole Centrale ! Mince de
pensionnat !

ECOLE CENTRALE

Allons ! je vois qu'il faut vous rassurer. N'ayez pas peur ! Regar-
dez ! ne suis-je pas la plus belle école du monde ?

BIDOCHON

Oh ! pour sûr, alors ! la plus chouette, la plus bate... Je n'en connaissais qu'une, celle de notre instituteur. Mais pour sûr, là vrai, ça la dégote !

ECOLE CENTRALE

J'ai entendu votre invocation ; et comme je n'ai rien à refuser à personne, me voilà !

POIROT

Bidochon !... Elle n'a rien à refuser à personne !

BIDOCHON

Et.. on peut visiter ?

ECOLE CENTRALE

Quand vous voudrez ! Je suis à votre disposition !

POIROT

Ça va ! ça va !

ÉCOLE CENTRALE

Vous verrez mes amphithéâtres.

BIDOCHON

Poirot ! Elle a des amphithéâtres !

ECOLE CENTRALE

Vous parcourez mes couloirs ; vous pénétrerez dans mes salles...

POIROT ET BIDOCHON

Ce qu'on va rigoler ! ! !

ECOLE CENTRALE

Et puis, je vous ferai faire connaissance avec tous mes amis !...

BIDOCHON (dédaigneux)

Oh ! ça !...

ECOLE CENTRALE

Enfin, tous ceux qui sont chargés de m'entretenir !

POIROT

Il y en a beaucoup ?

ECOLE CENTRALE

Malheureusement ce que je ne pourrai pas vous faire voir, c'est ma fontaine !...

POIROT

Oh ! comme c'est malheureux !

BIDOCHON

Et pourquoi ça que vous ne pourrez pas ?

ECOLE CENTRALE

Je l'ai perdue !

POIROT

Vraiment ? Racontez-nous donc ça !...

ECOLE CENTRALE

Air : *Margot la brune.*

J'avais au milieu de ma cour
Une fontaine monumentale
Elle plaisait par ses trois Amours
Aux élèves de l'Ecole Centrale !
Ah ! mes Amours, qu'en as-tu fait ?
Stration, quelle fut ton audace !
Tu les as chipés... c'est parfait !
Mais tu n'as rien mis à la place...

BIDOCHON

Ça n'est vraiment pas délicat !

ECOLE CENTRALE

Si je n'avais perdu que ça, encore !

POIROT ET BIDOCHON

Quoi donc ?

ECOLE CENTRALE

Ma cloche ! mais elle, on l'a remplacée, et... avantageusement !

POIROT

Par quoi ?

ECOLE CENTRALE

Par une trompette d'artillerie.

DEUXIÈME COUPLET

J'avais pour annoncer l'amphi
Une cloche au timbre sonore !
Sa voix réveillait bien aussi
Tous ceux qui sommeillaient encore ?
Ma vieille cloche ! qu'en as-tu fait ?
Stration, qu'en as-tu pu bien faire ?

POIROT ET BIDOCHON (parlé)

Une trompette d'artillerie.

ECOLE CENTRALE (continuant)

C'est parfait !
Faisons le salut militaire !...

BIDOCHON

Alors !... on va voir des militaires ?

ECOLE CENTRALE

Oui ! et bien d'autres belles choses encore. Allons, mes amis, cela va-t-il ?

POIROT

Je crois bien que ça va !

BIDOCHON

Ça me botte ! j'ai envie de potasser le programme d'admission !...

ECOLE CENTRALE

Alors, en route pour la capitale, mes amis ! Vous ne regretterez pas le voyage !...

SCÈNE IV

LES MÊMES, UN EMPLOYÉ

L'EMPLOYÉ (sonnant)

En voiture pour Paris !

(Mouvement au guichet).

POIROT

Je prends nos deux billets, Bidochon !

BIDOCHON

Il faut se fendre d'une première classe !... On ne voyage pas tous les jours avec l'Ecole Centrale !

POIROT

Tu as raison. (à l'Ecole Centrale). Nous permettrez-vous, belle dame, de prendre votre billet ?

ECOLE CENTRALE

Non, laissez-moi faire !

POIROT (au guichet)

Deux premières pour Paris ! De la première classe ! Oui, vous entendez bien ? De la première classe !

BIDOCHON

Es-tu bien sûr qu'il t'a donné un bon billet ?

Ils sortent.

ECOLE CENTRALE (au guichet)

Une première militaire, Paris !

Fanfare à l'orchestre.

DEMANDEZ LE GONIOMÈTRE DES FAMILLES

ACTE II

A l'École Centrale. — Au lever du rideau, le Larbin Vert assis dans un fauteuil écoute béatement les chants qui viennent du dehors.

SCÈNE I

LE LARBIN VERT, seul.

Chœur des élèves dans la coulisse :

> Sur les bords de la Tamise
> Un beau matin de février
> Trois Anglais en bras de chemise
> S'égosillaient à répéter :
> Tra la la, tra la la..., etc.

LE LARBIN VERT

Charmant ! délicieux ! exquis !... J'aime à faire ainsi ma diges-tion, quand la brise apporte sur ses ailes les joyeux refrains qui... que... Allons bon ! Pas de veine ! Mon inspiration lyrique est cou-pée !... Ce sera pour demain ! Vous le confierai-je ? Je suis poète !... Je chatouille la muse !... Je fais du zèbre sur Pégase !.. En un mot, je fais des vers... C'est au point que tous les jeunes gens ici m'appellent le Larbin « Vers » ! C'est un nom dont je suis fier !... J'aurais aimé à me faire appeler Alexandrin... Mais ma foi ! Larbin Vers me va !... Va pour Larbin Vers !

(Coup de sonnette).

Bon ! C'est madame qui rentre ! Je reconnais son coup ! Eh mais ! Elle n'est pas seule !... Amènerait-elle de nouveaux élèves ?... Ma-dame n'a pas l'habitude d'en recevoir dans le courant de l'année !... Tiens ! non ! des paysans !... Madame a sans doute arrêté des jardi-niers pour faire pousser des légumes dans la cour !...

SCÈNE II

LE MÊME, L'ÉCOLE CENTRALE, POIROT, BIDOCHON.

ÉCOLE CENTRALE

Nous sommes arrivés, mes amis! Voici la première tête que vous rencontrez chez moi!

POIROT

Mince de chouette! quels chics boutons!

BIDOCHON

Ce qu'il a l'air scientifique!

POIROT

Ce doit être un grand ingénieur!

BIDOCHON

Il doit être dans la métallurgie.

ÉCOLE CENTRALE

C'est le Larbin Vert...

BIDOCHON

Tiens! non! il est dans la verrerie!

ÉCOLE CENTRALE

J'ai choisi cette salle un peu retirée pour vous faire faire plus ample connaissance avec moi.

POIROT

Elle ne perd pas de temps!

BIDOCHON

Il y a du bon!... Elle marche!

ÉCOLE CENTRALE

Là, nous serons sans doute à l'abri des regards indiscrets de mon cher directeur qui me gronderait pour sûr de ce que je fais en toute conscience!...

POIROT (galant)

Belle dame, je comprends très bien que votre directeur de conscience n'a rien du tout à voir là-dedans!

BIDOCHON (craintif)

S'il allait venir, tout de même!

ÉCOLE CENTRALE (riant)

Ah! par exemple, ce serait le « bouquet » !

POIROT

Voyons! commençons par le commencement. Qu'est-ce qu'on peut voir ici?

(A ce moment une bombe en papier vient les asperger d'eau).

BIDOCHON (furieux)

Dégoûtant, çà! parole d'honneur!... Au secours! il pleut!...

POIROT.

D'où est-ce que ça sort?

ÉCOLE CENTRALE, (riant)

Ça? Ce sont quelques-uns de mes élèves qui s'amusent!

BIDOCHON

Ah! mais! ils ont de jolis amusements, vos élèves! Mes compliments!

ÉCOLE CENTRALE

Que voulez-vous! il faut pardonner! C'est une de leurs plus grosses méchancetés. Avouez qu'elle est bien inoffensive!... et ils sont si gentils, ces petits!

POIROT

Ces petits? est-ce qu'ils savent parler?

ÉCOLE CENTRALE (riant)

Oh oui! tout seuls!

BIDOCHON

Est-ce qu'ils marchent?

ÉCOLE CENTRALE

Oui! oui! tout seuls aussi!

POIROT

Vous les aimez bien?

ÉCOLE CENTRALE

Oui! je les aime, et je suis fière de mes fils!...

2

SCÈNE III

LES MÊMES, GAMMA, LAMBDA, ÉLÈVES en blouses

LES ÉLÈVES (en monôme, autour de l'École Centrale)

Maman ! maman ! maman !

BIDOCHON

Je suis ému ! c'est une bien bonne mère !

POIROT (les larmes aux yeux)

Regarde, Bidochon ! elle leur a mis à tous des tabliers pour qu'ils puissent jouer sans se salir !

ÉCOLE CENTRALE

Voyons, mes petits, à vos rangs ! Comptez-vous quatre ! (Les élèves se comptent.) Fixe !...

BIDOCHON (avec admiration)

On dirait les pompiers de chez nous !

ÉCOLE CENTRALE (aux élèves)

Mes amis, il s'agit de donner un petit aperçu de votre talent et de votre savoir à ces messieurs !

GAMMA

Oh ! nous savons tant de choses !

LAMBDA

Par quoi commencer ?

GAMMA

A nous la chanson du jodot.

BIDOCHON

Qu'est-ce que c'est que la chanson du jet d'eau ?

LAMBDA (le reprenant)

Jo !

GAMMA (de même)

Jo !

BIDOCHON

Jojo ?!

ÉCOLE CENTRALE

Jodot !... c'est le lavis !

BIDOCHON (ahuri)

Le jet d'eau, c'est la vie ??

POIROT (bas)

N'insiste pas, Bidochon : ça veut dire qu'ils passent leur vie à faire des jets d'eau...

GAMMA

Maman ! à toi l'honneur !

ÉCOLE CENTRALE

Soit, mais à vous le refrain !

AIR : *l'Orphéoniste.*

I

Pour faire un dessin de machine,
Il faut une certaine habileté,
On passe de suite à l'encre de Chine,
Pas besoin d'équerre ni de té !

CHŒUR

Pour bien jodoter,
Faut du poil au nez, etc.

II

Dans un dessin d'architecture,
N'écrivez jamais tout au long :
Ecole Centrale des Arts et Manufactures,
Mettez ECP ; c'est bien bon !

CHŒUR

Pour bien jodoter,
Faut du poil au nez, etc.

GAMMA

Voilà un aperçu bien vague de nos talents !

LAMBDA

Oui, vous savez, il ne faut pas vous imaginer que nous ne fassions
que du jodot !

POIROT

Ah ! parfaitement, je me disais aussi !!

BIDOCHON

Oui ! c'est comme moi, je me disais...

ÉCOLE CENTRALE

Eh bien ! que vous disiez-vous ?

BIDOCHON

Moi ? Rien.

POIROT

Je me disais... je me disais... comme Bidochon !

GAMMA

Nous avons aussi les colles, les exams génés...

POIROT (ayant l'air de comprendre)

Oui ! oui ! vous avez aussi les colles ! parfaitement !

BIDOCHON

Et ça ne vous a pas gênés... parfaitement !

LAMBDA

Exam géné ! Vous ne savez pas ce que c'est qu'un exam géné ?

BIDOCHON

Ma foi non ! on n'en rencontre pas chez nous!

POIROT

Non ! mais ça doit être épatant !

GAMMA

On voit que vous ne savez pas ce que c'est !

ÉCOLE CENTRALE (à Lambda)

Allons! chante-leur la chanson de l'Exam Géné !

LAMBDA

Et toi, que feras-tu pendant ce temps-là ?

ÉCOLE CENTRALE

Moi! je ne peux plus chanter. J'ai un chat !

LAMBDA

Allons-y! mais je vous préviens que ce n'est pas gai !...

AIR DE : *La Paimpolaise.*

Quittant sa salle, ôtant sa blouse,
Pour aller passer l'examen,
Osant à peine espérer douze
Voici quel est le doux refrain

Que le pauvre gas
Fredonne tout bas :

« Je m'en vais lui piquer la lèche !
La lèche parfois a du bon !
Ça pourrait adoucir la sèche
Qui m'attend chez m'sieur Bergeron ! »

Arrivé dans la galerie,
Il sent son cœur qui fait : toc ! toc !
Il dit : « L'exam géné ! Quelle scie !
J'aimerais mieux boire un bon bock.
      Et le pauvre gas
      Fredonne tout bas :
« Si je n'avais que la gorge de sèche,
Il y aurait encore du bon !
Je ne piquerais pas la sèche
Qui m'attend chez m'sieur Bergeron ! »

Tenant dans ses doigts la craie blanche,
Il veut parler, mais c'est en vain,
Restant muet devant la planche,
Voici quel est le doux refrain
      Que le pauvre gas
      Murmure tout bas :
« Ma moyenne, il faut que je la perde !
Ça va faire baisser les actions,
Car je sens la petite... sèche
Qui m'attend chez m'sieur Bergeron ! »

BIDOCHON

Bravo ! bravo ! c'est très joli... mais où est la science dans tout cela ? Comment est-ce qu'on devient scientifique ?... Car, vous savez, je veux épater Rosalie !

GAMMA

Vous voulez faire connaissance avec notre science ?

LAMBDA

Voici une jeune personne qui vous renseignera mieux que nous !

ÉCOLE CENTRALE

Faites entrer !

LARBIN VERT (annonçant)

Madame la Minéralogie !

Recherche des cailloux.

ÉCOLE CENTRALE

« Il va faire une conférence ! »

SCÈNE IV

Les mêmes, LA MINÉRALOGIE

LA MINÉRALOGIE, du fond de la scène

Salut à vous ! facies franchement terrestre du pléistocène !

BIDOCHON

Bon sang ! la chic femme !

POIROT

Je la conduirais bien jusqu'à l'hyménée !

ÉCOLE CENTRALE

. . Aragoï...

TOUS

Fisss !

POIROT

Dieu vous bénisse ! ..

BIDOCHON

Qu'est-ce que c'est que tous ces coquillages qu'elle porte sur elle?

ÉCOLE CENTRALE

Elle porte des fossiles !...

BIDOCHON

Oh ! des faux cils, passe encore, si elle n'a pas de faux cheveux !

TOUS

Fissss !!

POIROT

A vos souhaits! (A part) Il doit y avoir un courant d'air !

BIDOCHON

Quoi qu'elle va nous dégoiser, cette dame !

ÉCOLE CENTRALE

Tout ce qu'on veut : elle peut parler de terrains...

BIDOCHON (furieux)

Je vous défends de me tutoyer... et à cette femme de parler de ce qu'elle ne connait point !...

POIROT

Du calme, Bidochon!...

BIDOCHON

Qu'est-ce que dirait Rosalie?

LA MINÉRALOGIE

Mon petit, si tu ne veux pas que je parle de terrains, je vous raconterai la formation des cailloux!...

BIDOCHON

Grâce au ciel, mes cheveux ne tombent pas!

POIROT

C'est un médecin, cette petite femme-là!

LA MINÉRALOGIE

Ou bien la manière de rendre bonne une mauvaise mine... et de l'exploiter!

POIROT

Je ne me trompais point! C'est bien un médecin.

LA MINÉRALOGIE

Si vous le voulez, je vous emmènerai même en excursion.

BIDOCHON

Qu'est-ce que c'est, que ces excursions?

LA MINÉRALOGIE

Vous allez le savoir :

AIR : *C'est un oiseau qui vient de France.*

Dans une carrière un beau jour,
Se trouvait un monsieur très chic... que
Près de ce monsieur, tout autour,
Y avait des jeunes gens, toute une clique.
Ces jeunes gens avaient l'air heureux
De contempler leur très cher maître
Et prenaient l'air respectueux
Quand un caillou venait à paraître.
Les cœurs palpitaient d'espérance,
Bergeron disait à mi-voix :
« Géologues, n'hésitez pas (*bis*)

CHŒUR

C'est une mâcle en fer de lance! »

Parfois, trouvant le temps trop long,
Et n'adorant pas la calcite,
Un élève disait : Allons
Chercher des pommes de terre frites.
Il s'en allait secrètement,
En acheter une biture,
Et présentait aimablement
A son professeur la friture !
Les cœurs palpitaient d'espérance,
Bergeron disait à mi-voix :
« Géologues, n'hésitez pas ! (*bis*).

CHŒUR

C'est une mâcle en fer de lance » !

POIROT

Bravo ! bravo ! épatant, ça !

GAMMA

Ça te botte, hein ? mon vieux !

POIROT

Pour sûr que ça me botte !... Tiens ! je crois que j'ai un béguin pour la Minéralogie...

ÉCOLE CENTRALE

Petit farceur !

GAMMA

Tu as bien de la chance ! Moi, ça ne vient pas !

LA MINÉRALOGIE

Malhonnête !

GAMMA

Comment ? malhonnête ! Prétendez-vous forcer mes sentiments ?

LA MINÉRALOGIE (avec dédain)

Avez-vous vu ce petit bracchiopode !!

GAMMA

Va donc ! Cytherea incrassata !

LA MINÉRALOGIE

Où est-ce qu'on t'a élevé ? Est-ce dans le Crétacé Inférieur ??

POIROT

Arrêtez! arrêtez! parlez un peu français!

BIDOCHON

Ne vous mangez pas le nez dans ce charabia!

POIROT

Moi je te dis que j'en pince pour toi, ma petite, et quand j'en pince, c'est pour de bon!

LA MINÉRALOGIE

Vraiment? Eh bien! moi! quand j'en pince, c'est en tourmaline!

TOUS

Fissss!!

LA MINÉRALOGIE

D'ailleurs, pauvre bijou, si tu veux me suivre, je ne pourrai te conduire que dans des chemins bien pierreux!...

POIROT

Tu n'as donc pas de cœur!

LA MINÉRALOGIE

Hélas! un cœur de roche!...

Pourtant, quand je te vois, jeune et beau campagnard, je sens que sa résistance diminue peu à peu. Lorsque je t'aperçois, cette roche devient de la roche tendre, lorsque je t'aperçois...

POIROT

Lorsque tu m'aperçois?...

LA MINÉRALOGIE

AIR : *La Mascotte.*

Je sens lorsque je t'aperçois,
Un tremblement de terre qui m'agite!

POIROT

Et moi, ma chère, quand je te vois,
Je suis pétrifié de suite!

LA MINÉRALOGIE

Quand j'aspire l'odeur de tes cheveux,
J'oublierais la cassitérite!

POIROT

Un seul regard de tes beaux yeux,
Me fait pousser des stalactites !
..... J'aime bien mes dindons !

LA MINÉRALOGIE

J'aime bien Bergeron...

POIROT

..,.. Quand ils font leurs doux glou ! glou !

LA MINÉRALOGIE

Quand il me fait la... cour !

POIROT

Mais je t'aime mieux que mes dindons !

LA MINÉRALOGIE

Je t'aime mieux que Bergeron

POIROT

Quand ils font leurs doux glou ! glou !

LA MINÉRALOGIE

Quand il me fait la... cour !

POIROT ET LA MINÉRALOGIE

Glou ! glou ! cours ! glou ! glou ! cours ! etc...

POIROT

Je veux t'enlever !

LA MINÉRALOGIE

Vrai ? tu veux m'enlever ?... dans ce cas, je ne puis te dire
qu'une chose !...

POIROT

De quoi ?

LA MINÉRALOGIE

Dame !... Filons !!!

TOUS

Fisss !!

BIDOCHON

Dieu vous bénisse, messieurs et dames !

LA MINÉRALOGIE

AIR: *Frou-Frou!*

Filons! filons! où l'amour nous appelle!
Filons! filons... le parfait amour,
Bidochon fera l'essai à la chandelle,
Et ton caillou, je m'en souviendrait toujours!...

(Reprise en chœur.)

POIROT

En route! ça me va!

ÉCOLE CENTRALE

Insensés! Y pensez-vous? Qu'est-ce que dirait Richard?...

(Un trombone joue dans la coulisse : « O Richard! ô mon roi! »

BIDOCHON

Qu'est-ce que c'est que ça?

LA MINÉRALOGIE

Nom d'un mammouth!... c'est le leit-motiv de mon colleur!...

POIROT (vexé)

Ah!... Mademoiselle a un colleur!...

BIDOCHON

Regardez-moi cette jeunesse! si c'est pas malheureux, à son âge!
Va, n'insiste pas, Poirot, lâche-lui la cheville!!...

POIROT

Et... qu'est-ce qu'il vous veut, votre... colleur?...

ÉCOLE CENTRALE

Il faut qu'elle aille l'inspirer... car il va faire une conférence!...

LAMBDA (soupirant)

Et il faut que nous allions y assister...

(Le trombone rejoue.)

LA MINÉRALOGIE

Vous voyez! pas une minute à perdre! il me broierait dans son mortier!...

BIDOCHON

C'est donc un maçon?

ÉCOLE CENTRALE

Mais non!... avec son pilon!

POIROT

Son pilon ! alors, c'est un poulet !!

LA MINÉRALOGIE

Je vous quitte pour éviter une scène !

POIROT

Il a donc un cœur de pierre, lui aussi ?

LA MINÉRALOGIE

Richard ? oh ! c'est bien pis !.. il a un cœur de lion !!...

(Elle sort suivie des élèves.)

SCÈNE V

ÉCOLE CENTRALE, BIDOCHON, POIROT, puis LE LARBIN
VERT

POIROT

C'est un ange, cette petite femme-là !

ÉCOLE CENTRALE

Voyons un peu Il s'agit de vous faire voir autre chose. Voulez-vous assister à un amphi Belmas ?

BIDOCHON

Je crois bien que nous voulons assister à... ce que vous dites. N'est-ce pas, Poirot, que nous voulons assister à... ce qu'elle raconte ?

POIROT

Pour sûr, alors ! ça doit être épatant !

ÉCOLE CENTRALE (assise au bureau)

Je vais lui écrire un petit mot pour le prier de venir ici même faire l'amphi.

POIROT (bas)

T'as entendu ? c'est un monsieur qui va venir faire l'amphibie.

BIDOCHON

Quoi ! c'est l'homme-poisson, quoi ?

ÉCOLE CENTRALE (sonnant, au Larbin Vert)

Allez porter ce mot chez M. Belmas.

LARBIN VERT

Je vole tel le zéphyr, princesse !

POIROT (embarrassé)

Savez-vous, belle dame, en réfléchissant... nous ne tenons pas beaucoup à voir ce que vous disiez.

ÉCOLE CENTRALE

Comment ? tout à l'heure vous paraissiez enchantés !

BIDOCHON

Oui... mais nous ne savions pas ce que c'était.

ÉCOLE CENTRALE

Quoi ! vous le savez, maintenant ?

POIROT

Oui ! on l'a vu chez nous, à Fouilly-les-Oies !

ÉCOLE CENTRALE (riant)

Qu'entends-je ? il ne m'avait pas dit cela !... Par exemple ! il va faire des cours en province !

BIDOCHON

Oh ! c'était pas aux courses : c'était à la foire.

ÉCOLE CENTRALE

Comment ! à la foire ! !

POIROT

Oui ! il était dans sa baignoire et on le voyait pour deux sous.

ÉCOLE CENTRALE

En voilà une histoire ! de qui parlez-vous ?

BIDOCHON

De l'homme-poisson, pardi !

ÉCOLE CENTRALE

Qui vous parle de poissons ?

POIROT

Ah ! je croyais, moi, qu'il s'agissait d'amphibie ! ..

ÉCOLE CENTRALE (riant)

Décidément, vous feriez d'excellents chimistes !

SCÈNE VI

LES MÊMES, GAMMA, LAMBDA, QUELQUES ÉLÈVES

GAMMA

Nons revenons. Il paraît qu'il va y avoir un théâtre ici ?

ÉCOLE CENTRALE

Un amphithéâtre.

LAMBDA

Non ! un théâtre. Le Larbin Vert nous a dit qu'il allait chercher un artiste de l'Opéra.

ÉCOLE CENTRALE

Un artiste de l'Opéra ? Belmas ??... Ah ! j'y suis ! Je n'ai pas mis l'adresse... et comme il est toujours plongé dans la poésie, il a été chercher un acteur de l'Opéra qui porte le même nom !

GAMMA

C'est vrai. Tout s'explique !

LAMBDA

Que faire ?

ÉCOLE CENTRALE

Vole, petit ! cours après le Larbin Vert et remets-le dans le bon chemin !

GAMMA

Oui, maman !

(Fausse sortie.)

SCÈNE VII

LES MÊMES, BELMAS (de l'Opéra, en costume de Wotan, de la *Walkyrie.*)

BELMAS (l'épée à la main, chantant le grand opéra)

« Voici donc les débris du monastère antique
Voué par Rosalie au culte du Seigneur ! ..

BIDOCHON

Quoi qu'il parle de Rosalie, celui-là ?...

ÉCOLE CENTRALE

Ah ça ! il est fou ! il se croit à l'Opéra ! (à Belmas) Monsieur, je voudrais bien savoir...

BELMAS (chantant)

« Quel était ce jeune homme,
Si c'est un grand seigneur
Et comment il se nomme ! »

GAMMA

La brute !

POIROT

Le veau !

BELMAS (chantant)

« Le veau d'or est en caoutchouc !
Plus on tire, plus il s'allonge ! ! »

TOUS

Assez ! Assez !

BIDOCHON

Mais c'est une boîte à musique, cet homme-là !

GAMMA

C'est un monsieur qui n'a rien à faire... pardon, monsieur, serait-il indiscret de vous demander de venir allumer mon épure ?

BELMAS (chantant)

« Salut ! demeure chaste et pure ! »

ÉCOLE CENTRALE

Monsieur, nous ne sommes pas à l'Opéra !

BELMAS

Tiens ! c'est vrai !... Excusez ; je suis un peu distrait !...

GAMMA

Un peu !

ÉCOLE CENTRALE

J'ai toutes sortes d'excuses à vous faire de vous avoir dérangé.

BELMAS

Avez-vous besoin de mon concours pour une soirée musicale ? Vous voyez, je suis prêt, j'ai mis mon costume de Wotan, mon rôle favori !

BIDOCHON

Ah ça ! on fait de la politique ici ?

ÉCOLE CENTRALE

Pas précisément ! Il s'agit d'un amphi d'architecture.

GAMMA

Vous voyez ! le tableau et la craie étaient préparés ! on s'est trompé !

BELMAS

N'est-ce que cela ? Je suis à votre disposition !

ÉCOLE CENTRALE

Que voulez-vous dire ?

BELMAS

Je veux dire que je vais faire l'amphi... et en musique encore ce qui sera bien plus original !

GAMMA

Oh ! quelle idée sublime !

LAMBDA

Oui ! assez bonne idée ! mais le lundi, je demanderais qu'on mette la sourdine !...

BELMAS

Voici justement la supériorité évidente de cet enseignement : pas de monotonie ; au contraire une variété de mélodies appropriées aux différentes circonstances, aux diverses heures de la journée et même aux diverses parties du cours !

GAMMA

Comment interpréteriez-vous, par exemple, l'opéra suivant : Histoire de l'Art...

LAMBDA

En cinq amphis...

ÉCOLE CENTRALE

Et un seul tableau... noir !

BELMAS

Rien de plus simple ! C'est une épopée cette histoire de l'art, et une épopée pas banale, conçue dans la naïveté des peuples primitifs ! Au premier acte, un ballet. On verrait arriver dans des corbeilles de roseaux de charmantes égyptiennes...

LAMBDA

Ah! mais... il n'y aura plus moyen de s'ennuyer!

BELMAS

Puis elles se fermeront!

BIDOCHON

Qui ça?

BELMAS

Les corbeilles de roseaux se fermeront pour former le chapiteau de la colonne égyptienne!...

ÉCOLE CENTRALE (riant)

C'est qu'il a l'air convaincu!

BELMAS

Ensuite, on verrait...

GAMMA

Je vous fais grâce du reste. Cependant, comment terminerez-vous l'acte de la période grecque?

BELMAS

Un coup de théâtre splendide! Mummius apparaissant au milieu d'un nuage de feu et de fumée!

LAMBDA (imitant les pompes à incendie)

Pan! pan!... pan! pan!...

BELMAS

Quoi?

LAMBDA

Oh! rien! je vous donne une idée de l'accompagnement que vous auriez...

GAMMA

Et quelle musique, là-dessus?

BELMAS

Du Wagner.

ÉCOLE CENTRALE

Soit! mais quand vous en arriverez à la construction?

BELMAS

Oh! alors, on a le choix dans le répertoire classique.

ÉCOLE CENTRALE

Par exemple?

BELMAS

Vous voulez un exemple? Bien! je fais l'amphi. En avant la musique!

(Il va au tableau et chante en dessinant une maison et un égout).

AIR : *Robert le Diable.*

Lorsque nous construisons
Une maison en pierre...
Ou des égouts!
Nous prenons le moellon
La brique ou la meulière,
Selon les goûts!
Roi des Denfers....

ÉCOLE CENTRALE (vivement)

Son fils est ici!

GAMMA

Etonnant! prodigieux!

LAMBDA

Oui! mais ça fait trop de bouzin pour le lundi' Je ne sors pas de là!

BELMAS

Soyez tranquilles! pour le lundi je vous ménage des airs de circonstance; par exemple, la berceuse de Par le Glaive :

(Il dessine une colonne corinthienne).

AIR DE : *Par le Glaive.*

Ecrivez! la leçon sera lente !
Il était une fois un ordre corinthien ..
Son chapiteau de feuilles d'acanthe
Et ses quatre volutes.. faisaient bien
Ecrivez!...la leçon sera lente !...

(S'apercevant que tous se sont
assoupis).

Hein ! Ca y est ! Vous voyez ! l'effet est complet !

LAMBDA

Et le samedi? Quelque chose de gai?

BELMAS

Pour le samedi, voilà :

AIR DES *Casques*.

On dit quelquefois à l'Ecole
L'archi? Ça sert à rien du tout !
Ça sert à faire passer des colles
A ceux qui n'en demandent pas du tout!
Ça prend, ça prend un temps énorme,
Et chacun dit en les chiadant — en les chiadant :
« Au lieu de potasser ma colle
J'aimerais bien mieux rien faire du tout ! (*bis*)

ÉCOLE CENTRALE

Oh ! mais je ne veux pas de vous ici ! Vous feriez un joli professeur !

BELMAS

Là dessus, je m'en vais. Mais n'est-ce pas, messieurs, méditez bien cette profonde pensée !

GAMMA

Ah ! bien ! si vous croyez que vous l'avez inventée ! Nous pouvons la chanter aussi bien que vous !

TOUS (en chœur)

Au lieu de potasser ma colle
J'aimerais bien mieux rien faire du tout !   *bis*

ECOLE CENTRALE

Allons ! au revoir, monsieur Belmas, au revoir !...

SCÈNE VIII

LES MÊMES moins BELMAS, LE LARBIN VERT

(Bruit d'explosion et de verres cassés dans la coulisse)

LE LARBIN VERT (effaré)

Madame! Madame! c'est une des meilleures amies de Madame, qui est en ébullition!

ECOLE CENTRALE

Que veux-tu dire?

LE LARBIN VERT

Certes! je ne crois pas exagérer l'état des choses en assurant qu'elle éclate sous le coup d'une pression excessive!

ECOLE CENTRALE

Tu m'effraies! Vite! amène-la moi!

LE LARBIN VERT

Ah! Madame! je n'ose pas! je crains de n'en pouvoir apporter que des morceaux!

ECOLE CENTRALE

Tu entends? Va me la chercher tout de suite!

LARBIN VERT (dramatique)

J'y cours, Madame! mais je n'en rapporterai
« Qu'un horrible mélange
D'os et de chairs meurtris et traînés dans la fange
Des lambeaux pleins de sang, et des membres affreux
Que Gernez et Mermet se disputent entre eux! »

(Il sort)

POIROT

Eh bien! ça va être propre s'il nous apporte tout ça ici!

SCÈNE IX

LES MÊMES, LA CHIMIE, les vêtements en lambeaux, portée sur une civière. par des chimistes en tabliers verts, portant des cornues, des ballons, etc.

ECOLE CENTRALE

Chimie chérie ! que t'est-il arrivé !

LA CHIMIE

Comme tu vois, ma chère ! je suis encore un peu malade d'une explosion récente !

ECOLE CENTRALE

Il faut espérer que cela ne sera rien !

GAMMA

Voilà ce que c'est que de trop faire la bombe !

LA CHIMIE

Ce n'est pas la première fois que cela m'arrive et ce ne sera pas la dernière. Il ne faut pas vous tourmenter de ça, les enfants. C'est fini. Enlevez-moi ça. Oust ! (Elle envoie promener la civière d'un coup de pied.)

BIDOCHON

Oh ! bien ! ce n'est pas long ! Elle en a une santé !

POIROT

Bon sang ! Qu'est-ce que tous ces instruments ?

BIDOCHON

C'est des apothicaires avec des seringues !

POIROT (à un chimiste)

Comment appelez-vous cette chose ?

LE CHIMISTE

Cornue !

(Poirot, furieux, se tâte le front).

BIDOCHON (bas)

Qu'est-ce qu'il t'a dit ?

POIROT

Il m'a traité de... (Il lui parle à l'oreille, Bidochon se tord).

ECOLE CENTRALE

Au fait, ma chère amie, je ne t'ai pas présentée à ces Messieurs !

LA CHIMIE

Inutile ! je vais me présenter moi-même !

AIR : *A la Roquette*   CHŒUR

    Quand ils ont trop peu turbiné !   turbiné !
    Les élèves à l'exam géné   Xam géné
    Croient voir en moi leur ennemie. .
        J'suis la Chimie !

    Blancs, verts ou bleus; ou caillebottés   caillebottés
    J'suis la reine des précipités   cipités
    Et de Gernez la bonne amie
        J'suis la Chimie !

    J'suis parfois dure à avaler   avaler
    Les bizuths pour me digérer   digérer
    Désirent souvent que « Mermet rie »
        J'suis la Chimie !

    . . Quand deux corps ont de l'affinité   finité
    Je les combine sans hésiter   Zhésiter
    Sans les conduire à la mairie
        J'suis la Chimie !

BIDOCHON

Alors, belle dame, comme ça, paraît que vous faites des expériences. Ça ne serait-il point trop indiscret de vous demander...

LA CHIMIE

... D'en exécuter une devant vous ? Rien de plus facile. Allons, Messieurs, à l'amphi !

(Les élèves se groupent en amphithéâtre. Un préparateur et un garçon se placent près du tableau.)

Je prends un verre d'acide sulfurique... Soulevez le tableau s'il vous plaît... J'écris la formule So ' H²... Passez-moi l'acide sulfu–

rique, s'il vous plaît (On lui verse un verre de champagne). Je le préci-
pite (Elle boit) dans mon gosier. . et je trouve la combinaison très
agréable.

POIROT

J'aimerais bien à faire des expériences!

BIDOCHON

Fais-toi chimiste!

POIROT

Quelle idée! Et... je pourrai boire de l'acide sulfurique?

ÉCOLE CENTRALE

Tant que tu en voudras, va!... ce n'est pas moi qui t'en empê-
cherai!...

GAMMA

Dans tous les cas, ne fais pas comme moi à l'examen général!. .

LA CHIMIE

Allons! n'insiste pas!... tout le monde sait que tu l'as piquée!...

GAMMA

Eh bien! pas du tout! je ne l'ai pas piquée... J'en ai même trop
su : j'ai inventé des corps!...

LAMBDA

Explique-toi!

BIDOCHON

Tuyau!

(On le félicite pour ce mot d'à-propos).

GAMMA

C'est-à-dire que j'ai eu le trac.. j'ai vu trouble, et j'ai pris le
professeur qui m'interrogeait pour un métalloïde.

BIDOCHON

Pour un métalloquoi?

(On lui explique qu'il est inutile de se mêler à la conversation).

LA CHIMIE

Ce n'est pas très clair!

GAMMA

En un mot, voici le fait! Au lieu de dire qu'il y avait un certain
acide sulfhydrique donnant des sulfures... j'ai parlé d'acide « enge-
lique ».

ÉCOLE CENTRALE

Alors, il ne fallait pas te troubler pour si peu ; tu n'avais qu'à dire qu'il donnait des « engelures » !

TOUS

Fisss !

SCÈNE X

LES MÊMES, GUERNESAY, UN BIZUTH

Voix de Guernesay dans la coulisse

Vilain petit garnement ! vous ne savez pas un mot de votre cours !

(Il entre, tenant le bizuth par l'oreille).

TOUS

Vive l'empereur !

GUERNESAY

Non ! vous ne savez pas un traître mot de votre examen général !

LE BIZUTH

Si m'sieur !

GUERNESAY

Voulez-vous bien vous taire ! vous n'en savez pas un atome !

LE BIZUTH

Mais quel moyen employer pour le savoir ?

GUERNESAY

L'apprendre !! Ça, c'est un moyen radical... ou souverain selon les opinions politiques !

ÉCOLE CENTRALE

Pauvre bizuth !

POIROT

Il a l'air pas content ce monsieur-là !

GUERNESAY (au bizuth qui ne dit rien)

Taisez vous !

LA CHIMIE

Il a l'air bien en colère! Le bizuth aura été anhydre!

LE BIZUTH

Ce n'est pas ma faute, monsieur, je n'aime pas la chimie!

LA CHIMIE

Il est gentil pour moi, celui-là !

GUERNESAY

Comment! vous n'aimez pas la chimie?... c'est parce que vous n'en comprenez pas les beautés, vous n'en saisissez pas les finesses, vous n'en voyez pas les dessous.

LE BIZUTH

Eh bien! soit! faites-moi voir tout cela!

GUERNESAY

Tenez... justement la voilà.

LA CHIMIE

Bonjour !

LE BIZUTH

Hein?... ah !... oh !.. Tiens!... Je ne croyais pas...

GUERNESAY

Le charme opère... c'est comme un « philtre »!...

LA CHIMIE

Il n'est que tôt !

LE BIZUTH

Tout de même, je commence à comprendre qu'il y ait des chimistes sur la terre !

GUERNESAY

Parbleu ! mais vous êtes étonnant, ma parole !

LE BIZUTH (suppliant)

Oh! ne me me mettez pas huit, m'sieur !

GUERNESAY

Elle est bien bonne, celle-là !... Et quand je vous demanderai de m'écrire la réaction selon la formule... est-ce que vous me direz encore que vous n'êtes pas un pharmacien ?

LE BIZUTH

Je ne le dirai plus !

GUERNESAY

Et quand vous finirez par m'écrire une formule qui tombe on ne sait d'où et que je vous demanderai : «Comment la trouvez-vous?» Est ce que vous me répondrez : « Je la trouve assez jolie ! »

LE BIZUTH (pleurant)

Je ne le dirai plus !

GUERNESAY

Et quand je vous demanderai comment vous reconnaissez les sels de chrôme, est-ce que vous me direz avec calme : « Je ne les reconnais pas ! » et qu'en fait de reconnaissance, vous n'avez que celle du cœur... ou du Mont-de-Piété !

LE BIZUTH

Je ne le dirai plus!... mais ne me mettez pas huit. Je sais bien que ça vaut trois, mais ne me mettez pas huit...

ÉCOLE CENTRALE

Pauvre petit! il me fait de la peine... et puis, il a l'air de ne plus t'avoir en horreur!

LA CHIMIE

Allons! un bon mouvement! implore sa grâce!!

ÉCOLE CENTRALE

Ecoutez-moi...

GUERNESAY

Je t'écoute mon enfant!...

ÉCOLE CENTRALE

AIR : « *Cet étranger* » *Soleil de Minuit.*

Ce pauvre Bizuth, je crois,
Est ici de passage
Pour la première fois,
Il est jeune et je gage
Qu'il ignore l'usage
De nos sévères lois!...
C'est une circonstance
Qui peut atténuer
La sécheresse immense
De son exam géné
Et c'est pourquoi je pense
Qu'il convient aujourd'hui
D'avoir de l'indulgence
Comme j'en ai pour lui!

GUERNESAY

Tu es bien gentille, ma petite... mais, si tu savais, il a crié « vive l'empereur » au milieu de l'amphi, parce que Mermet a cassé un ballon!... c'est idiot! idiot! ça n'a pas de sens!

ÉCOLE CENTRALE

A l'amphi, les mots
D'esprit en abondance

Amusent les centraux
Ils y joignent, je pense.
Un peu d'impertinence
Un tout p'tit peu... pas trop.
Ce bizuth a cru bien faire
En étant un peu vif
Vous savez, je l'espère
Qu'il ne fut que naïf
Alors papa, je pense
Qu'il convient aujourd'hui
D'avoir quelque indulgence
Comme j'en ai pour lui!

GUERNESAY (ému)

Qu'est-ce que vous voulez que je réponde à cela? Je suis désarmé!

LA CHIMIE (à l'Ecole Centrale)

C'est bien, ce que tu as fait la, ma vieille! tu es une sœur!

LE BIZUTH

Alors?

GUERNESAY

Alors, vous aurez dix, parce qu'il y a des circonstances atténuantes.

LE BIZUTH (envoyant des baisers à l'Ecole Centrale)

Oh! toi! je t'adore . (de même à Guernesay) et puis, toi aussi, je t'adore!

ÉCOLE CENTRALE

Je suis heureuse de voir que tu es réconciliée avec la chimie... mais tu n'es pas le seul que nous avons à sacrer chimiste!

GUERNESAY

Hein??

ECOLE CENTRALE

Que nous avons à — sacrer — chimiste!

GUERNESAY

Ah! bien!... et qui donc?

POIROT

C'est moi, sauf votre respect... monseigneur ..
Altesse... je veux dire... heu... mon empereur ! !

(Salut militaire).

BINOCHON

Et moi, je serai son préparateur Seulement, qu'est-ce qu'il faut
faire pour cela?

GUERNESAY

Tenez! demandez à madame... elle va vous chanter la polka des
chimistes!...

LA CHIMIE

Soit! mais vous la danserez!...

GUERNESAY

Eh bien! oui! je la danserai...

LA CHIMIE

Air : *Polka des Englishs*

Quand ils quittent leurs salles
Parcourant les dédales
Les chimistes nos amis
Vont d'abord à l'amphi...
Ils vont douze par douze
Portant dessus leur blouse
Un beau tablier vert
Qui leur donne grand air!...
Tra !a la la la la la. .
Voyez ces artistes
Boum! chhhh! Vive l'empereur!
Tra la la la la. .
Ce sont les chimistes
Boum! chhhh!... Vive l'empereur!

Dans le laboratoire
C'est toute une autre histoire
Le chimiste attentif
Potasse les réactifs
HCl, HS
Et puis Am^2S
Enfin, dans certains cas
Le..... Mn O'K!!

CHŒUR

Tra la la la la...
Voyez ces artistes
Boum! chhhh! Vive l'empereur!
Tra la la......
Ce sont les chimistes!
Boum! chhhh! Vive l'empereur!!

(La chimie et l'Ecole Centrale font danser Guernesay pendant le refrain.
Tous les chimistes dansent. On porte Poirot en triomphe).

Rideau.

4

ACTE III

LE CIRQUE MOLNIER

Le foyer du Cirque. — Accessoires de toutes sortes — A gauche (1ᵉʳ plan) le bureau de Molnier

SCÈNE 1

Molnier, en culotte de cheval, un grand fouet à la main, fait courir ses écuyers qui tournent, en galopant, sur la scène.)

CHŒUR DES ÉCUYERS

AIR DU *Commis-Voyageur*

Toujours il saute,
Toujours il trotte.
Soir et matin,
Le beau poulain.
Et sans fatigues,
Toujours ses gigues
Le portent bien
Très loin, très loin, très loin...

MOLNIER (en solo)
Quel est donc ce zèbre enchanteur?

CHŒUR
C'est le cheval, le cheval-vapeur.
Panpan ! Pan. pan !

CHŒUR DES ÉCUYERS

C'est le che-al... le cheval-vapeur !...

MOLNIER (parlé)

Changez ! (Il fait claquer son fouet. Les écuyers galopent en sens inverse).

REPRISE DU CHŒUR

Toujours il saute, etc.

MOLNIER

Pas mal !... Je ne suis pas mécontent de vos chants... magnétiques... Seulement, n'oubliez pas de changer le sens en courant... Ah ! je crois que cela n'ira pas mal... Dame ! C'est qu'on ne donne pas tous les jours une représentation de gala, surtout une représentation graphique.

PREMIER ÉCUYER

Pige pas !

MOLNIER

Gratuite... représentation... pas graphique! Quoi! Qu'est-ce que vous voulez?

PREMIER ÉCUYER

Oh ! rien !

MOLNIER

Alors, laissez-moi continuer la répétition... J'ai reçu un mot de l'Ecole Centrale ; tenez, le voici. (Il tire son billet de sa poche et lit :(« Mon cher ! — Elle m'appelle son cher ! — (Il embrasse la lettre). Préparez grande représentation ; amènerai amphi ce soir. Viendrai avant avec des copains pendant répétition générale ».

PREMIER ÉCUYER

Alors ! Elle va venir tout à l'heure ?

MOLNIER

Je l'attends d'un moment à l'autre. A cette pensée seule je sens des courants de Foucault me courir dans les veines !... Ainsi... n'oubliez pas tout à l'heure, en faisant de la « haute Ecole » que vous êtes en présence d'une idem !

TOUS

Fissss ! !

MOLNIER

Hein ? Quoi? Qu'est-ce que vous voulez? Il fait trop chaud ?

TOUS

Non ! non !

MOLNIER

Alors, laissez-moi continuer... Voyons !... Ah ! passez-moi un crayon... Merci... Je barre ça...

PREMIER ÉCUYER

Vous rayez un numéro du programme ?

MOLNIER

Oui... la pantomime... Vous savez bien.

PREMIER ÉCUYER

Ah ! le ballet !...

MOLNIER

Oui... le ballet... le... balais.. si vous aimez mieux.

PREMIER ÉCUYER

Oh ! pourquoi ?

MOLNIER

Parce que je ne le trouve pas assez calé... Ah !... et puis autre chose. Vous non plus, vous n'êtes pas assez calés... Ainsi, je vous défends de faire de la voltage... voltige... voltage... tige... parce que...

PREMIER ÉCUYER

Pourquoi cela ?

MOLNIER

Parce que vous n'êtes pas assez forts pour que je puisse vous... « en permettre ! »

TOUS

Fisssss ! !

MOLNIER

Alors, je passe au chapitre... au numéro suivant... Voyons... le bonhomme d'Ampère !...

LE BONHOMME D'AMPÈRE (dans la coulisse)

Présent !

SCÈNE II

LES MEMES, LE BONHOMME D'AMPÈRE

(Il arrive lentemeut avec une démarche de mannequin, et un masque de cire sur le visage. Il tient à la main un grand tire-bouchon en guise de canne.).

MOLNIER

Tu pourrais venir un peu plus vite, toi... quand on t'appelle !

LE BONHOMME D'AMPÈRE (d'une voix caverneuse)

Je n'avais pas entendu... J'étais en train de faire une manille avec Flemming.

MOLNIER

Voyons si tu sais ton rôle... (Le bonhomme d'Ampère s'avance lentement sur le devant de la scène). Où est ta gauche ? (Le bonhomme d'Ampère lève lentement son bras gauche). Bien... Où est ta droite ?... (Le
bonhomme lève son bras droit et envoie une gifle au premier écuyer qui se
trouve à la portée de sa main). Bien... Tu es fixe... ça va.. Tu as ton
tire-bouchon pour si ça ne marchait pas ? (le bonhomme montre son
tire-bouchon). Oui... Bien... Tu as tes trois doigts aussi... pour si ça
ne marchait pas ?... Ça va bien...

LE BONHOMME D'AMPÈRE (ému)

Alors... vrai de vrai... Monsieur est content de moi ?...

MOLNIER

Très content... Tu es un brave bonhomme d'Ampère.

LE BONHOMME D'AMPÈRE (s'essuyant les yeux)

Ah ! Monsieur... là vrai... Je suis bien heureux... bien heureux... Au revoir, Monsieur Molnier... Au revoir... (En s'en allant
il laisse tomber son tire-bouchon qu'il ramasse.)

MOLNIER

Allons... bon!... Il « en perd » son tire-bouchon !

(Le bonhomme d'Ampère sort.)

SCÈNE III

LES MÊMES, moins LE BONHOMME D'AMPÈRE, UN ÉCUYER

MOLNIER

Passons à un autre.

UN ÉCUYER

Monsieur... c'est une écuyère et deux lutteurs qui demandent à
parler à Monsieur !

MOLNIER

Une écuyère et deux lutteurs, as-tu dit ? C'est le ciel qui les envoie ! Je vais augmenter considérablement mon programme !

(Il va à la porte.)

Grands dieux !... Que vois-je !!! Elle ! .. C'est Elle !!!

SCÈNE IV

LES MÊMES, L'ÉCOLE CENTRALE, BIDOCHON, POIROT

(en costumes d'écuyère et de lutteurs.)

ÉCOLE CENTRALE

Bonjour !

POIROT

Ben le bonsoir !

BIDOCHON

Salut !... heu !...

MOLNIER

Quoi ! vous dans ce costume !

ÉCOLE CENTRALE

Pourquoi pas, mon cher ? Je fais du zèbre une fois par semaine...
Puisque je suis écuyère, pourquoi ne pas montrer mes talents dans
un cirque d'amateurs !

MOLNIER

Exquis !... C'est exquis !... (à part) Oh ! mes courants de Foucault !

ÉCOLE CENTRALE

Je vous amène même deux amis.

POIROT (saluant)

Ben le bonsoir !

BIDOCHON

Salut !... heu !...

ÉCOLE CENTRALE

Si vous voulez bien les enrôler...

MOLNIER

Comment donc ! Mais certainement que je veux les enrouler...
enrôler... enrouler (Il s'assied à son bureau) Veuillez signer votre en-
gagement...

Moi ! Signer ??

POIROT (bas à Bidochon)

Va donc !... Tu feras une croix !!

MOLNIER

Ah ! D'abord... est-ce un enrôlement... enroulement en disque... en anneau ou en tambour ?

BIDOCHON

De quoi ? de quoi ? de quoi ?

MOLNIER

Je vous demande si c'est un enrôlement en disque, en anneau, ou en tambour ?

BIDOCHON (bas à Poirot)

Qu'est-ce que c'est que ça ?

POIROT (bas au 1ᵉʳ écuyer)

Qu'est-ce que c'est que ça ?

L'ÉCUYER (bas à Poirot)

Personne n'en sait rien. Faites comme si vous compreniez...

POIROT (bas à Bidochon)

Personne n'en sait rien. Fais comme si tu comprenais...

BIDOCHON (à Molnier)

Personne n'en sait rien. Faites comme si...

MOLNIER

Eh bien quoi ? Qu'est-ce que vous voulez ? Il fait trop froid ?...

BIDOCHON (ahuri)

Qu'est-ce qu'il dit ? Je ne comprends rien quand il me parle.

MOLNIER

Voyons, enfin... Est-ce l'enrôlement en disque ou en tambour ?

BIDOCHON

Oh ! Ça m'est parfaitement égal. Tenez... pour vous faire plaisir, mettez en disque pour moi, en tambour pour lui... et ça fera le compte.

MOLNIER

Convenu !... Alors signez... (aux écuyers) Vous... apportez les
accessoires (On les apporte). Voici le tambour et voilà les disques.
(On donne à Poirot un tambour avec des baguettes et à Bidochon des disques en
papier).

(Galop à l'orchestre).

Molnier a pris machinalement son fouet qu'il fait claquer. L'Ecole Centrale
prend son élan et passe à travers le disque en papier. Tous les écuyers applau-
dissent.

MOLNIER (à l'Ecole Centrale)

Bravo... délicieux... charmant... Je sens des courants de Foucault...

ÉCOLE CENTRALE

Vous dites ?

MOLNIER (se reprenant)

Je sens des courants... des courants d'air... oui, des courants
d'air... oui... Il fait trop froid ici !... Tenez... Chose !... fermez donc
la fenêtre.

BIDOCHON (pleurant à chaudes larmes)

Elle m'a cassé mon cerceau ! Elle m'a... cassé. . mon... cerceau ! !

ECOLE CENTRALE

Dis donc, mon vieux, ce n'est pas tout, cela... Mais ça creuse ..
les exercices équestres !... Nous n'avons pas mangé... et je dînerais
volontiers...

MOLNIER

Très bien... oui... si vous voulez... Mais ces Messieurs n'ont pas
lutté... Il faudrait les faire répéter avant le dîner...

BIDOCHON

Oh... si... Voilà bien une demi-heure que nous luttons... contre
la faim !

MOLNIER

Eh bien... servez le dîner... Et faites vite... Tâchez de retrouver
la vaisselle dans les accessoires...

ECOLE CENTRALE

Comment, la vaisselle dans les accessoires !

MOLNIER

Ah ! dame ! Il faut que je vous explique... Je ne puis pas vous affirmer que vous serez très bien servis !... Car... on n'a pas l'habitude !... Ordinairement... Je ne dîne pas ici.

ECOLE CENTRALE

Tiens ! où donc dînez vous ?

MOLNIER

Vous le savez bien... Je dîne à Meaux ! ! !

TOUS LES ÉCUYERS

Fissss ! !

POIROT

Comment ! Eux aussi... ils éternuent !

MOLNIER

Hein ? quoi ! qu'est-ce que vous voulez ? Il fait trop froid ici. Eh bien ! servez-nous à dîner... J'achèverai la répétition tout en mangeant... Ça gagnera du temps !

(Les écuyers sortent, puis apportent une table).

PREMIER ÉCUYER

Nous ne pouvons pas trouver les assiettes !

MOLNIER (à l'Ecole Centrale)

Quand je vous le disais !.. (à l'écuyer) Allez donc voir dans la cage de l'éléphant...

DEUXIÈME ÉCUYER (apportant les assiettes)

Les voilà !

MOLNIER

Ça va bien. Il en apporte une pile en série... Allons ! mes amis... à table ! et soyons gais... Et buvons bien !

(Molnier et l'Ecole Centrale se placent face au public. Poirot et Bidochon de chaque côté. Ils mangent d'abord en grand silence, sauf Poirot et Bidochon qui n'ont ni cuiller ni fourchette. Ils sont d'abord embarrassés, n'osant pas manger avec leurs doigts... puis, tout à coup, ils se décident à en demander).

POIROT (à Molnier)

Alors !... comme ça... vous mangez, vous !...

MOLNIER (la bouche pleine)

Comme vous voyez !

ECOLE CENTRALE

Mais vous ? Qu'y a-t-il... Vous ne mangez pas ?

MOLNIER

Quoi ? Qu'est-ce que vous avez ? C'est trop chaud ?

POIROT

On ne m'a pas donné de « tuyère » !

BIDOCHON

On a oublié ma « Fourchotte » !

MOLNIER (après avoir sonné)

Apportez une cuiller et une fourchette à ces messieurs. Que diable ! A quoi pensez-vous ?

PREMIER ÉCUYER

On n'en trouve pas d'autres !

MOLNIER

Allez voir dans la cage du serpent.

(Têtes de Bidochon et de Poirot).
(L'écuyer sort).

Soyez tranquilles... il les trouvera !

BIDOCHON (craintif)

Oui... mais.. le serpent ne s'en sera pas servi au moins ?

PREMIER ÉCUYER (rentrant)

Les voici !

MOLNIER

Eh bien !... Où étaient-elles ?

PREMIER ÉCUYER

Dans la mangeoire du cochon savant.

(Bidochon et Poirot essuient leurs couverts avec leurs mouchoirs. Grand silence.)

MOLNIER

Voyons ! mes amis... ne soyez pas si silencieux ! Causez un peu !

POIROT (la bouche pleine)

Demande pas m'eux (Il toit).

BIDOCHON (tendant son assiette)

Je causerai bien encore quelques minutes avec ce pâté.

MOLNIER

Voilà! mes amis.

ÉCOLE CENTRALE

Vous avez raison de manger. Il faut prendre des forces pour tout à l'heure... là-bas.. dans l'arène.

BIDOCHON

On va voir la reine?

MOLNIER (à l'École Centrale)

Est ce qu'il est bête... ou bien est-ce qu'il est simplement idiot?

POIROT

Là. Ça va mieux! Spas! Bidochon?

BIDOCHON

Pour sûr que ça va mieux, Poirot. Je boirais bien encore un verre!

MOLNIER

Voyons, mes amis .. il faut égayer la table par quelque chanson. Y en a-t-il un de vous deux qui sache quelque chose?

BIDOCHON ET POIROT

Oui, moi!

POIROT (faisant des cérémonies)

Non, non, je n'en ferai rien. Après toi, Bidochon.

BIDOCHON

Non! Après toi, Poirot!

MOLNIER

Il faudrait vous entendre.

ÉCOLE CENTRALE

Oh! qu'est ce que ça va être?

POIROT

Demandez à Bidochon... Il en sait d'épatantes.

BIDOCHON

Ecoutez Poirot... il en a... c'est crevant!

MOLNIER (jetant un sou)

Eh bien! à pile ou face! Si c'est pile, c'est Poirot... C'est face
Alors, c'est à Bidochon... Est ce que c'est convenable, au
moins... Parce qu'il y a une jeune fille! (Il désigne l'Ecole Centrale).

BIDOCHON

Ah dame! non... c'est pas trop convenable. (à Poirot)
Poirot! Est ce que c'est convenable?

POIROT

Non! Dame! Non ce n'est point convenable.

ÉCOLE CENTRALE (riant)

Allez donc! Chantez la tout de même! Je vous dirai si c'est convenable.

BIDOCHON (il chante faux et d'un air lamentable, comme un ivrogne)

« Petit oiseau qui vole dans les bois. »

ÉCOLE CENTRALE (se bouchant les oreilles)

Qu'est-ce que c'est que ça?

MOLNIER

Voulez-vous bien vous taire!! Vous nous décalez les balais...
Heu! je veux dire : Vous nous cassez les oreilles!

BIDOCHON

Tu vois Poirot. C'est bien ce que je pensais. Ce n'est point
convenable!

MOLNIER

Alors... Nous allons être obligés de demander à notre char-
mante convive de nous chanter un petit air de circonstance.

POIROT ET BIDOCHON

Ça va! Ça va! (Ils s'a seoient).

ÉCOLE CENTRALE

Volontiers! Je ne me fais jamais prier.

Air : *Nicolette et le beau Magloire du « Soleil de Minuit ».*

I

Un jeune homme de l'Ecole Centrale
De Nicolette était l'ami...
— Oui, c'était son ami !
Pendant qu'il travaillait en salle
Elle travaillait au logis !
« Veux-tu, disait-il à sa belle,
M'apprendre tout mon examen...
Je passe demain chez Grouvelle ! »
Elle lui dit : « Je le veux bien ! »
— Et savez-vous ce qu'ils apprirent ?
Vous doutez-vous de ce qu'ils firent ?

. . . .

Ils firent l'examen idéal...
Des souvenirs de leur enfance...
N'ayant aucune ressemblance
Avec l'examen général...

REFRAIN

Des p'tits Centraux, chantons la gloire
Le cœur et la fraternité ..
Versez toujours, car il faut boire
    A leur santé !...

(Reprise du Refrain en chœur).

II

Un jour, il dut faire un mémoire
Pour sa remise de projet...
Remise de projet...
Il faut écrire un tas d'histoires.
Ça n'vient pas toujours tout d'un jet,
« Veux-tu, dit-il à Nicolette,
Avec moi, faire mon projet. »
« Je veux bien, répond la fillette,
Depuis quelque temps, j'y songeais ! »
Et savez-vous ce qu'ils se dirent ?
Vous doutez-vous de ce qu'ils firent ?

. . . .

Ils ont fait un projet charmant
D'amour... de rêve... et de chimère...
Ne touchant d'aucune manière
Au projet de De Fontviolant...

REFRAIN

Des p'tits Centraux, chantons la gloire
Le cœur et la fraternité...
Versez toujours, car il faut boire
    A leur santé !

                    (Reprise du Refrain en chœur).

SCENE V

Les MÊMES, LE CLOWN WILLIAM

(Il arrive en automobile en faisant sonner la corne et tient
un grand rouleau de papier)

MOLNIER

Tiens ! Voilà William Thomson, aujourd'hui lord Kelvin. Comment ça va, mon vieux !

WILLIAM

Pas mal, very well, merci thank you, master Molnier !

MOLNIER

Vous avez une bien belle machine, William !

WILLIAM

Vous trouvez? master Molnier...

MOLNIER

Quelle marque? Gladiator... Oméga... Cycle de Rochet ?

WILLIAM

Né, master Molnier... lisez : Cycle de Carnot

MOLNIER

Vous allez prendre un petit verre avec nous?

WILLIAM

Certainly, master Molnier! Je vais prendre une petite verre avec vous. (Il boit).

Aôh! master Molnier... Je n'étais pas venu ici pour cela...

MOLNIER

Tiens! Et pourquoi êtes vous venu ici, William Thomson?

WILLIAM

J'étais venu ici pour demander vô s'il avait vu Auguste?

MOLNIER

Non... William... Je n'ai pas vu Auguste.

WILLIAM (à Bidochon)

Est ce que vous avez vu Auguste?

BIDOCHON (à Poirot)

Dis donc, Poirot. Est-ce que j'ai vu Auguste?

WILLIAM

Nô... Vous l'avez pas vu? Aôh! c'était très embêtant, savez-vou, master Molnier. J'avais une tour très drôle à lui faire.

ÉCOLE CENTRALE

Eh bien! faites-le nous, ce tour!

WILLIAM

Yès... je voulais faire le tour... je ferai le tour à master Molnier. (Il tape sur le ventre à Molnier).

MOLNIER

Volontiers, William, mais dépêchons-nous.

WILLIAM

Aôh! pas si vite!... Disez-moi, master Molnier... Auguste, il avait dit à moi que vous occupiez vous d'électricité...

MOLNIER

Oui... j'avoue que quelquefois...

WILLIAM

Est-ce que vous avez des photographies par les rayons X...?

MOLNIER

Certainement. J'en ai même quelques bonnes épreuves.

WILLIAM

Est-ce que vous croyez que c'est très difficile à faire?

MOLNIER

Dame! oui, Il faut un dispositif assez compliqué. Il faut des ampoules de Crookes.

WILLIAM

Nô! nô!... nô!... nô!

MOLNIER

Comment nô... nô... nô... nô!

WILLIAM

Nô... nô... master Molnier! Il n'y a pas besoin de poule, ni de l'agence Cook. J'en ai fait moi aussi!

MOLNIER

Comment vous avez fait...

WILLIAM

Yès, master Molnier. j'ai fait et sans tout ce que vous dites... avec une simple appareil porno... photographique...

MOLNIER

C'est impossible.

WILLIAM

Nô .. nô... nô... master Molnier... Disez pas « impossible ». Moi aussi je m'occupe quelquefois d'électricité...

MOLNIER

Oui... je sais... Mais avec un simple appareil photographique...

WILLIAM

Yès, master Molnier, avec une simple appareil photographique comme vous et moi...

MOLNIER

C'est impossible! Vous ne pouvez pas photographier l'Invisible!

WILLIAM

Si! master Molnier! J'avais photographié « l'Invisible»... Et le voilà... (Il développe son rouleau de papier).

MOLNIER

C'est étonnant!! Vous êtes très fort, William! D'autant plus qu'elle est grande, votre photographie... C'est un portrait à grande échelle!

WILLIAM

Oh! Ça ne me coûte pas grand'chose à moi les échelles... surtout celle-là!...

MOLNIER

Comment cela?

WILLIAM (remonte sur son tricycle, le pied sur la pédale)

C'est une « échelle pas chère !!! » Au revoir, master Molnier!... Good by!... All right!

(Il sort en faisant sonner sa corne)

SCÈNE VI

LES MÊMES, moins WILLIAM

MOLNIER

Quel charmant garçon! Toujours plein de verve et de gaîté.
(Bruit croissant dans les coulisses.)

ÉCOLE CENTRALE (à Molnier)

Entendez-vous ce bruit?

MOLNIER

Oui! Qu'est-ce que c'est que ça?

POIROT (peureux)

C'est l'éléphant qui déménage!

BIDOCHON

C'est le serpent qui vient boire un verre?

ÉCOLE CENTRALE

Du tout! C'est mon Escadre qui s'approche.

MOLNIER

Votre Escadre? (à part) Ah ça! Est-ce qu'elle serait aussi maritime?

ÉCOLE CENTRALE

Oui, pour donner plus de brillant à ta représentation, je n'ai rien voulu négliger... et j'ai mobilisé une partie de l'Escadre de l'École Centrale. La voici!...

SCÈNE VII

LES MÊMES, plus cinq bateaux: *Son fils est ici*, *Lèche*, *Excursion*
Mummius et *Mph! Mph!*

MOLNIER (comprenant)

Ah! votre Escadre!! les bateaux!! J'ai pigé!!!

POIROT

Il a de la chance!

MOLNIER

Voici le croiseur *Lèche*, le cuirassé *Son fils est ici*, **le** yacht de
plaisance *Excursion*, le vaisseau *Mummius!*

PREMIER ÉCUYER

Mummius? Qu'est-ce que c'est que ce bateau-là? C'est un
général romain. Il y a longtemps qu'il est mort! C'est un vaisseau-
fantôme... ça!

MOLNIER

Je ne sais pas. Connais pas!.. C'est pas à moi ce bateau là.
C'est à un de mes collègues... Adressez-vous à Madame.

PREMIER ÉCUYER

Peut-on savoir?

ÉCOLE CENTRALE

Oh! c'est une histoire bien simple: Mummius, à la fin de la
période grecque, détruisit tous les chefs d'œuvre de l'Architecture. Depuis, chaque fois que M. Belmas...

BIDOCHON

Belmas? Encore celui-là? Celui qui parlait de Rosalie? la boîte
à musique??

POIROT

Mais non!... pas celui-là... l'autre!

ÉCOLE CENTRALE

Donc, chaque fois que M. Belmas, après avoir fait un croquis au
tableau, l'effaçait, tout l'amphi criait *Mummius*, parce qu'il dé-
truisait une œuvre d'art.

BIDOCHON

J'ai pigé.

MOLNIER

C'est plein d'esprit! Mais continuons la revue de l'Escadre.

POIROT

Vive la Russie!

MOLNIER

Hein! quoi?... qu'est-ce que vous voulez?

POIROT

Vous passez la revue de l'Escadre : Je crie « Vive la Russie! »

MOLNIER

. . . . .

(Il a tiré son lorgnon.,. puis une loupe .. puis une longue-vue pour tâcher de lire le nom du dernier bateau).

ÉCOLE CENTRALE

Eh bien! Celui-là!. . Vous ne le reconnaissez pas?

MOLNIER

Ma foi non!.,. Si vous vouliez être assez aimable pour me dire...

ÉCOLE CENTRALE (imitant le bruit d'un baiser)

Mph! Mph!

MOLNIER (tressaillant)

Aïe! mes courants de Foucault! Hein! quoi... Qu'est-ce que vous voulez? Il fait trop chaud?

ÉCOLE CENTRALE (riant)

Mais non!... C'est le nom du bateau : « Mph! mph! » Il s'appelle « Mph! mph! » Ce n'est pas ma faute à moi s'il s'appelle « Mph! mph! »

MOLNIER

Ah! parfaitement. (A part). Tiens! Je n'avais jamais vu ce mot-là écrit... (En réminiscence). Ça ne se trouve point dans les livres. (Haut), Mes compliments, Mph! mph! Il est très gentil ce petit bateau.

BIDOCHON

J'aimerais bien faire une ballade sur ce petit bateau-là... moi!

POIROT

Il y en a un des deux qui finirait par avoir le mal de mer!

BIDOCHON

Mais quoi qu'ils nous veulent, tous ces bateaux?

ÉCOLE CENTRALE

C'est vrai... au fait ! Vous ne les connaissez pas... Vous pouvez les interroger !

POIROT (s'avançant)

Messieurs et madame les bateaux, ça ne serait-il point trop indiscret de vous demander quelques renseignements ?

(Les cinq bateaux crient leur nom ensemble. Poirot s'enfuit effrayé).

POIROT (à l'Ecole Centrale)

Ben ! Vous en avez des bateaux !

ÉCOLE CENTRALE

Vous ne savez pas leur parler.

BIDOCHON

C'est Poirot qui ne sait pas ! C'est vrai ! Quoi ! Tu ne sais pas ! Voyons ! Est-ce comme ça qu'on parle à des bateaux ? ?

ÉCOLE CENTRALE

Eh bien parle-leur, toi, pour voir !

BIDOCHON (s'avançant)

Alors comme ça ! les vieux ! A c'te heure ! c'te petite santé, comment ça va ?

(Les 5 bateaux : même jeu, en criant plus fort).

(Bidochon s'enfuit).

ÉCOLE CENTRALE (riant)

Non ! vous voyez bien que vous ne savez pas faire parler les bateaux !...

MOLNIER (de même)

Non ! ils ne savent pas ! ils ne savent pas !...

ÉCOLE CENTRALE

Tenez, Molnier, puisque vous savez, vous, faites-les donc parler, dites-nous un monologue... une poésie...

MOLNIER

Très volontiers... Voici c'est du Victor Hugo...

(Il déclame. Après chaque vers, le bateau correspondant crie son nom).

Mon père, ce héros au sourire si doux

Son fils est ici !

Suivi d'un grand housard qu'il aimait entre tous

Mph ! Mph !

Pour sa grande bravoure et pour sa haute taille

Lèche !

Parcourait, à cheval, le soir d'une bataille

Excursion !

Le champ couvert de morts sur qui tombait la nuit,

Mummius !

ÉCOLE CENTRALE

Là ! Vous voyez .. Il suffisait de les faire parler séparément pour comprendre.

BIDOCHON

Ah ! mais il ne faut pas croire que nous ayons compris. S'pas ! Poirot !

POIROT

Ma foi, si ! moi, j'ai compris... que c'était très scientifique. Je t'expliquerai cela plus tard.

(Les bateaux ont causé pendant ce dialogue. Une discussion s'élève entre eux... Grand bruit).

MOLNIER

Hein ! quoi ! Qu'est-ce que vous voulez ? C'est un combat naval ! Voilà les bateaux qui se crèpent le chignon !

POIROT

Ben ! vous en avez des bateaux !

MUMMIUS

Zut ! Je rends mon transatlantique...

SON FILS EST ICI

Je dépose mon cuirassé.

ÉCOLE CENTRALE

Qu'est-ce qu'il y a donc ?

MUMMIUS

C'est *Son fils est ici* qui me marche tout le temps sur les pieds avec son hélice !

SON FILS EST ICI

Pas du tout ! C'est *Mummius* qui fait de l'œil à *Mph ! Mph !*

MPH ! MPH !

Quoi ? *Mummius* me fait de l'œil ?

LÈCHE

Oui, c'est vrai !

EXCURSION

Non! C'est un abordage, voilà tout!

SON FILS EST ICI

Trirème!

MUMMIUS

Chaland!!

(A ce moment il renverse l'encrier de Molnier).

MOLNIER

Allons! bon! Il ne manquait plus que ça! Voilà un bateau qui jette l'encre!!!

POIROT (hébété, à l'Ecole Centrale)

Ben! vous en avez des bateaux!

ÉCOLE CENTRALE

Imbécile! Tu ne vois pas que ce sont mes élèves que j'ai déguisés, et qui sont capables de faire manquer la représentation. Voyons, mes enfants, ne vous disputez pas! Si vous n'êtes pas d'accord, je supprime le rôle féminin.

(Les bateaux se précipitent sur leurs déguisements et les remettent).

MOLNIER

C'est admirable! Quelle fée! un coup de baguette et tout rentre dans l'ordre!

ÉCOLE CENTRALE

Maintenant, mes amis, tout-à-l'heure, criez bien votre nom à tue-tête quand leur tour viendra... Criez-le bien fort... Seulement, de grâce, quand nous serons rentrés chez nous... n'en abusez pas, ça me casse la tête... Vous pouvez vous retirer.

Défilé. — Orchestre.

SCÈNE VIII

LES MÊMES, moins LES BATEAUX

ÉCOLE CENTRALE

Voilà un programme qui commence à bien se remplir! Mais, au fait! Avez-vous songé à l'orchestre?

MOLNIER

L'orchestre! Ah! diable! non...

PREMIER ÉCUYER

Soyez tranquille ! Je m'en suis occupé.

ÉCOLE CENTRALE

Qu'est ce qu'on va jouer ?

PREMIER ÉCUYER

La marche oxydante ! (Il sort).

MOLNIER

La marche oxydante ? — Vous êtes sûr que ce n'est par la marche orientale ?... Ah ! oui ! j'y suis ! je pensais « occidentale ». C'est idiot. Non ! oxydante... la marche oxydante des fourneaux, je connais ça !

ÉCOLE CENTRALE

Rappelez moi donc l'air... (cherchant). Attendez donc !

MOLNIER (cherchant aussi)

Tra la la ! Tra la la !... Non, ce n'est pas ça !
C'est l'hymne russe. Ah ! ça y est... je l'ai...
C'est nous les fourneaux,
Les petits fourneaux
Les petits fourneaux qui n'ont pas froid au chio!

PREMIER ÉCUYER (rentrant)

Monsieur, c'est quelqu'un qui désire parler à madame.

MOLNIER

Qui est-ce ?

PREMIER ÉCUYER

C'est un monsieur qui a un très grand nez. Il dit que madame le recevra certainement. (A l'Ecole Centrale). Voici sa carte !

ÉCOLE CENTRALE (lisant)

Cyrano de Bergerac !

MOLNIER

Ah ! mais ! c'est un voisin cela !

ÉCOLE CENTRALE

Vous pouvez lui dire d'entrer.

MOLNIER

Que peut-il nous vouloir ?

SCÈNE IX

LES MÊMES, CYRANO

CYRANO (déclamant)

Ma parole, c'est chez Molnier que je tombe !
J'arrive — excusez moi — par la dernière trombe !
Je suis un peu magnétisé. J'ai commuté.
J'ai les yeux tout remplis des étincelles. J'ai
Pour entrer chez vous chipé la clef de Morse !
Tenez... sur mon pourpoint... une ligne de force !

ECOLE CENTRALE

Que me voulez-vous ?

CYRANO (de même)

Vous me le demandez ? Voici : dès le berceau...

PREMIER ÉCUYER

Oh ! il va nous raconter son histoire !...

CYRANO (continuant)

... Alors qu'on m'emmenait jouer au Parc Monceau
Je contractais déjà la passion fatale
De devenir élève à l'Ecole Centrale !...

TOUS

Hein ? — que dit-il ?

MOLNIER

Voyons, mon cher ami, vous perdez la tête ! Savez-vous à quelle
époque vous viviez ? ?

CYRANC (continuant)

Espérant voir un jour mon effort couronné
Pour passer mon bacho, j'ai beaucoup turbiné.

ECOLE CENTRALE (à part)

Il nous fait perdre notre temps. Essayons de parler comme lui :
(Haut)
Vous me direz plus tard ! Maintenant je ne puis !
Turbiner, c'est très bien !

CYRANO (vivement)

Oh ! j'ai fait mieux depuis !...

ECOLE CENTRALE

Il nous rase !

PREMIER ÉCUYER

Attendez ! je vais lui lâcher un de ces traits !
Vous avez un nez... heu!... un nez très grand !

CYRANO

                                        Très !

PREMIER ÉCUYER

Ha !

CYRANO

C'est tout ?

PREMIER ÉCUYER

Mais...

CYRANO

                    Ah ! non ! c'est un peu court, jeune homme,
On pouvait dire... oh ! Dieu !... bien des choses en somme !
En variant le ton ; par exemple, tenez :
De Fontviolant : « Moi, si j'avais un tel nez
J'en ferais sur-le-champ l'essai de résistance ! »
Bergeron : « Mais c'est une mâcle en fer de lance !
Que dis-je ! non ! c'est la marmite des géants ! »
Chappuis : « Pour mesurer assez exactement
La longueur, le rayon d'une pareille hure,
Il faut changer, je crois, l'unité de mesure ! »
Deharme : « En vous mouchant, il fait du train ce nez ! »
Boucheron : « Çà, monsieur, lorsque vous pétunez
Quel est votre tabac ? Est-ce de la litharge ?

Pour arriver à lui, mettez un monte-charge ! »
Forgue : « J'en ferais bien le croquis en passant !
Prenez ceci, Messieurs, c'est très intéressant ! »

Duplaix : « Il pourrait bien nous servir de rotule !
Engel : « De quoi donc sert cette grande capsule ?
A lui seul, il pourrait soulever le tableau ! »
Et Grouvelle : « Aimez-vous à ce point les fourneaux
Que vous fîtes afin qu'un courant les aère
Ces deux trous qui pourraient leur servir de tuyères ? »
Monnier : « Mouchez-le pour que la friction
Ne produise jamais de déperdition
Par l'effet Joule -- avec un doux mouchoir de soie ! »
Et Jordan : « Celui-là, lorsque l'on le nettoie,
On ne doit pas user d un outil au hasard !

Vous devez employer un assez long ringard ! »
Bourdon : « Facilement, je crois que l'on devine
Quel est le rendement d'une telle machine ! »
Ménard : « Pour l'hygiène, il est fait à mon goût
Quand peut-on, Monsieur, visiter cet égout ? »
Denfer : « Cela s'appelle avoir pignon sur rue !
Et pour le mettre en place il faudrait une grue !
Que l'ordonnancement de ce nez montre bien
Le Dorique, Ionique et l ordre Corinthien !

Ce profil en avant fait certaine saillie ! »
Boutillier : « Jamais je n'ai vu dans ma vie
Quelque chose qui fût dans les Travaux Publics
A ce point épaté... sinon le « bon public ! »

MOLNIER (au 1er écuyer)

Prends ça pour ton rhume et va te coucher.

ÉCOLE CENTRALE

Vous m'intéressez, sieur Cyrano ! Je vous écoute. Que voulez-vous ?

CYRANO

Un diplôme !

MOLNIER

Et vous mettrez sur vos cartes :

CYRANO DE BERGERAC
Ingénieur des Arts et Manufactures

CYRANO

Pourquoi pas ?

ÉCOLE CENTRALE

Croyez-vous que ça se donne comme cela, les diplômes. Qu'avez-vous fait pour cela ?

CYRANO

J'ai inventé p — 1 moyens de m'enlever en l'air.

ÉCOLE CENTRALE

C'est juste !
Et ce sont des moyens excellents. Quel système
Avez-vous donc choisi, monsieur ?

CYRANO

Un péième !

PREMIER ÉCUYER (rentrant)

Monsieur ! C'est une dame qui veut, à toute force, entrer ici ..
Elle pousse des hurlements à réveiller tous les serpents de la ménagerie. On ne peut en venir à bout.

MOLNIER

De qui ? Des serpents ?

PREMIER ÉCUYER

Non ! de cette dame !

MOLNIER

Faites entrer !

Pendant ce dialogue, les lutteurs ont fait des exercices. A la vue de Rosalie, ils tombent tous les deux par terre et touchent des épaules en même temps.

SCÈNE IX

LES MÊMES, ROSALIE

POIROT

Rosalie !

BIDOCHON

Ma promise ! ! ! (Il se jette dans ses bras. Long embrassement).

ROSALIE

C'est-il possible ? Ma pauvre Bidoche ! J'ai cru que je ne te retrouverais point.

BIDOCHON

Ah ! ça, qu'est-ce que tu viens fiche ici ?

ÉCOLE CENTRALE

Il la reçoit bien !

POIROT

D'où ce que tu te ramènes ?

ROSALIE

Comment ? Qu'est ce que je viens fiche ici ? D'où ce que je me ramène ? En voilà des melons !

MOLNIER

Aïe ! aie ! Ça va mal ! Elle est « hystérésique »... cette femme là !

ROSALIE

T'entends ce que je te cause ! Non ! mais je vous trouve épatants, m'a parole ! Après avoir erré dans tous les établissements chics de Paris, à Montmartre, à Montparnasse, aux Halles, à Mazas ! Où est-ce que je finis par les trouver ? et dans quel costume ?! Les v'là

6.

quasiment en caleçon de bain, en train de faire des poses ! T'as pas fini ! Ah ben ! Elle est raide !

MOLNIER

Permettez !

ROSALIE

Je ne permets rien du tout.

ECOLE CENTRALE

Laissez-la parler !

ROSALIE

Pendant que je me lamente au logis !

MOLNIER (à part)

C'est une science, ça, la lamentologie ?

ROSALIE

Pendant que j'effeuille des marguerites pour savoir s'il reviendra, qu'est-ce qu'il fait ! ! Ah ben ! Elle est raide !

MOLNIER

Vous l'avez déjà dit. (A part). Elle est « excitée en quantité » !

ROSALIE (furieuse)

Et qu'est-ce que ça fait ? Je le répète !

MOLNIER

Soit ! Je ne veux pas vous contrarier. Vous avez raison ! (Il approche son doigt de Rosalie pour en tirer une étincelle). Ça y est... j'ai vu l'étincelle !

ROSALIE

AIR DU Petit Duc.

Madame, Messieurs, écoutez ça,
Vous frissonnerez comme je frissonne
Et me dire s'il n'y a pas là
D'quoi faire peur à une jeune personne!
J'suis la promise à Bidochon
Que j'aimais de toute mon âme
Il est parti en excursion
Sans même me prévenir, l'infâme !
Quand j'appris sa disparition
Je m'trouvai mal. Ma bonne mère
Voyant mon irritation
Et redoutant fort ma colère

Me dit : « Pars si t'en as envie!!...
Et elle ajoute pour plus d'prudence
« Emporte ton beau parapluie
Et prends garde à ton innocence! »
Vite je me mets en chemin
J'avais le cœur plein d'espérance :
« Je le trouverai c'est certain !... »
Je chantais avec confiance
    La, la la...
Mais v'là qu'en arrivant ici
Un jeune homme veut m'faire voir la ville
J'accepte. Il me répond : « Merci!
On vous f'ra tout voir, c'est facile!
Vous connaîtrez tous les bons coins.
J'ai des amis... une centaine!
Vous les remercierez tous, au moins! »
Et tout en chantant on m'entraine!
    Tra la la la
Ils avaient l'air pris de folie
J'm'disais, faisant bonne contenance :
« N'abîmons pas notre parapluie
Et gardons bien notre innocence! »

Pour me faire trouver Bidochon
Ils m'emmenèrent dans un tas de rues
Ils me montrèrent de grandes maisons
Mais bientôt je m'sentis perdue
Quand tout à coup ces étudiants
Qu'avaient des bérets sur la tête
Devinrent très entreprenants
Et d'une inconvenance parfaite
« Ha! ha! ha ! la jolie fille !
« Votre promis vous ne le retrouverez pas! »
Ha ! ha ! ha! ha! soyez gentille!
Bécot par ci, bécot par là!
Alors me sentant sans appui
Moi qui flairais la manigance
J'pense : « Quitte à perdre mon parapluie
Il faut que j'garde mon innocence! »
Je m'enfuis — pensez mon effroi —
J'allais, j'allais, fallait voir comme
Mais les galants derrière moi

S'mirent à courir comme un seul homme
Pour une fille qu'a de l'honnêteté
Quel tourment d'être poursuivie
Par des gens si... surexcités
Qui criaient : « Vive Rosalie! »
Je cours : l'un d'eux va m'attraper
J'lui casse mon pépin sur la tête
Et je le laisse se ramasser
Je repars ; plus rien ne m'arrête
J'arrive chez vous ahurie,
Je frappe ; on ouvre, je m'élance
J'avais cassé mon parapluie
Mais j'ai gardé mon innocence !

Ah ! Mais ça ne se passera pas comme ça ! Ah ! tu veux faire de la boxe avec Poirot ? Ah ! mon vieux Bidoche ! Tu veux lutter ? Eh bien ! luttons ! Tu veux boxer ??... Eh bien... je suis à tes ordres !

BIDOCHON

Au secours ! au secours !.. J'aime encore mieux le serpent ! J'aime encore mieux le jodot !.. la Chimie... l'Amphibie !... Au secours !... Au secours !

(Rentrée des écuyers, des bateaux, etc., etc.)

TOUS

Qu'est-ce qu'il y a? On égorge quelqu'un ?

ÉCOLE CENTRALE

Madame Rosalie, veuillez m'écouter.

ROSALIE

Je t'écoute, ma petite mère!

MOLNIER

Voulez-vous nous permettre de vous expliquer...

ÉCOLE CENTRALE

Si votre mari ne vous avait pas lâché comme vous le croyez?

ROSALIE

De quoi?

MOLNIER

Supposez qu'au contraire, s'il est parti, c'est pour vous faire plaisir !

ROSALIE

De quoi ? de quoi ? de quoi ?

ÉCOLE CENTRALE

Bidochon est venu à Paris dans une noble intention, par amour
de la science ! Il voulait mettre sa modeste intelligence à la hauteur
de la vôtre.

BIDOCHON

Oh ! je n'ai pas dit ça. .

POIROT (bas)

Laisse-la faire.

ÉCOLE CENTRALE

Il a travaillé avec persévérance, avec courage, avec passion... Et
quand la tâche était trop dure, quand la peine était trop forte, il se
disait comme consolation, que, pour prix de ses efforts .. il disait...
il disait... (A Molnier). Qu'est-ce qu'il disait donc ?

MOLNIER

Il disait : « Ce que ça va épater Rosalie !!! »

ROSALIE (enthousiasmée)

Ah ! Bidochon ! Tu as fait cela ! Tu es un ange ! Tu es mon
héros ! Tu es mon roi !! (Long embrassement). Tu me raconteras tout
ce que tu as vu ?

BIDOCHON

D'abord ! A commencer par le commencement, ma vieille... Ça
y est !... J'ai vu un Empereur ! !

MOLNIER

Vous lui raconterez cela dans le train.

ÉCOLE CENTRALE

Eh bien ! Et vous ! mon cher Molnier ? Avez-vous le dernier numéro du programme ?

MOLNIER

Je vous avouerai que j'ai songé, un instant, tout à l'heure, à
montrer Rosalie en liberté.

ÉCOLE CENTRALE

Méchant !

MOLNIER

Vous avez raison ! Il faut la laisser à ses devoirs de « généra-
trice »... Heu !... d'épouse !... Alors ?

ÉCOLE CENTRALE

Alors le dernier couplet, c'est moi qui le chanterai.

AIR : *Quand on a travaillé*

C'est la tradition de l'Ecole Centrale
De faire une revue pour la Caisse de s'cours
Il faudrait un' pièce qui n'fût pas banale
L'inspiration ne vient pas toujours !...
Mais les spectateurs qui ornent la salle
Sont très indulgents et ont très bon cœur
Ils savent tort bien que d'l'Ecole Centrale
On n'sort pas cabot : on n'est « qu'ingénieur ! »

Refrain

Quand on a turbiné
Pendant un soir entier
On est rudement content
De vos applaudissements
Si l'public a trouvé
Qu'il n's'est pas trop rasé
Il crie : « Bravo ! bravo !
Un chic un chic aux p'tits centraux !!

(Reprise du refrain en chœur.)

Rideau

Papa... achète-moi un cheval-vapeur !

www.ingramcontent.com/pod-product-compliance
Lightning Source LLC
Chambersburg PA
CBHW071124260626
47162CB00006B/2447